Analyse d'œuvre

Rédigé par Alice Renard

Sous la direction de Niels Thorez

La Machine infernale

de Jean Cocteau

Profil Littéraire

JEAN COCTEAU

- Né en 1889 à Maisons-Laffitte (Île-de-France)
- Mort en 1963 à Milly-la-Forêt (Île-de-France)
- **Quelques-unes de ses œuvres :**
  - *Antigone* (pièce de théâtre, 1922)
  - *Les Enfants terribles* (roman, 1929)
  - *La Belle et la Bête* (film, 1946)

Artiste pluridisciplinaire (romancier, dramaturge, chorégraphe, poète, cinéaste, peintre, dessinateur, lithographe, céramiste, tapissier, etc.), Jean Cocteau est une figure majeure du XXe siècle. Son œuvre est influencée par les nombreux artistes – issus d'univers différents – qu'il a côtoyés au cours de sa vie, comme Pablo Picasso (peintre et sculpteur espagnol, 1881-1973), Jean-Paul Sartre (écrivain et philosophe français, 1905-1980), Erick Satie (compositeur et pianiste français, 1866-1925), etc.

Elle s'inscrit aussi dans un contexte artistique et littéraire marqué par les mouvements de l'avant-garde, le surréalisme, le dadaïsme, etc. Mais en dépit de l'éclectisme et de la richesse de son travail, Cocteau ne cesse d'affirmer qu'il est avant tout un poète, et que l'ensemble de son œuvre est un poème, ce dont témoigne notamment son film *Le Testament d'Orphée* (1960).

Au-delà de ces interactions avec les mouvements artistiques et intellectuels, indépendamment aussi de ces rencontres, Cocteau, refusant de se laisser emprisonner dans des carcans et des cadres délimités, est parvenu à garder l'esprit de curiosité et l'étonnement comme fils conducteurs de son expression, et à développer un style tout à fait personnel, empreint de poésie, de surréalisme et de modernité.

De nombreux écrivains et poètes de son époque se sont d'ailleurs fortement inspirés de son œuvre et, aujourd'hui encore, le travail que Cocteau a laissé à la postérité ne cesse de nourrir de nombreux artistes et chercheurs. Sa pièce de théâtre en un acte, *La Voix humaine* (1930), a par exemple inspiré un épisode du film *L'Amore* de Roberto Rosellini (réalisateur italien, 1906-1977) en 1948, tandis que son style onirique a influencé la mise en scène du *Peau d'âne* de Jacques Demy (cinéaste français, 1931-1990), en 1970.

LA MACHINE INFERNALE

- **Genre :** théâtre
- **1re édition :** 1934
- **Édition de référence :** *La Machine infernale*, Paris, Le Livre de Poche, 1967, 159 p.
- **Personnages principaux :**
  - Œdipe, héros orgueilleux qui réalise malgré lui l'oracle d'Apollon en assassinant son père Laïus et, plus tard, en épousant sa mère, Jocaste ;
  - Jocaste, veuve de Laïus, reine de Thèbes (Grèce) et mère d'Œdipe, offrira sa main et sa couronne au vainqueur du Sphinx ;
  - Le Sphinx, monstre effrayant et incarnation de la déesse Némésis, assassine les jeunes gens aux portes de Thèbes après leur avoir posé une devinette ;
  - Le chacal Anubis, dieu égyptien de la mort, compagnon et gardien du Sphinx ;
  - Tirésias, fidèle devin de Jocaste, à la fois aveugle et voyant.
- **Thématiques principales :** la fatalité, l'attrait pour le surnaturel, une vision pessimiste de la

condition humaine, la psychanalyse.

Fondée sur le mythe œdipien, partiellement inspirée de la tragédie grecque antique *Œdipe roi* (vers 425 av. J.-C.) de Sophocle (poète tragique grec, entre 496 et 494 av. J.-C.-406 av. J.-C.), *La Machine infernale*, écrite en 1932 et jouée pour la première fois en 1934 à la Comédie des Champs-Élysées, nous paraît à l'image de son auteur : éclectique. De fait, la pièce reflète différents tons, styles, genres et registres : s'y mêlent le réalisme et le fantastique, s'y côtoient le style tragique et celui, plus personnel et poétique, de Jean Cocteau.

Il s'agit donc d'une œuvre protéiforme et tout à fait moderne, ce qui explique, d'une part, le très bon accueil que lui réserva la critique – Colette (femme de lettres française, 1873-1954) rédigea notamment à son propos un texte chaleureux et laudatif – et, d'autre part, le faible intérêt que lui porta d'abord le grand public, encore peu enclin à apprécier ce caractère de modernité...

LA VIE DE JEAN COCTEAU

| Portrait de Jean Cocteau

DES DÉBUTS PROMETTEURS

Jean Cocteau voit le jour le 5 juillet 1889 à Maisons-Laffitte, à une vingtaine de kilomètres de Paris. Sa mère, Eugénie Lecomte, et son père, Georges Cocteau – avocat et peintre amateur –, ont déjà deux enfants : Marthe et Paul. Le suicide de son père, le 5 avril 1898, marque Cocteau à jamais. Issu de la bourgeoisie parisienne, le cadet de la famille apparaît comme un enfant difficile : à l'école primaire, bien que considéré comme un élève brillant et intelligent, il se montre distrait, nerveux ; souffrant de maladies chroniques, il est souvent absent.

Gâté, Jean Cocteau passe son enfance entre Paris et Maisons-Laffitte, évoluant dans un milieu mondain et artistique. Dans la maison de son grand-père maternel, Eugène Lecomte, il s'intéresse dès son plus jeune âge à la peinture, à la musique, à la littérature, au théâtre ou encore au cinéma. De fait, cet agent de change et collectionneur d'art parfait son éducation artistique, l'emmenant par exemple aux concerts du conservatoire de Paris.

Au lycée Condorcet, Cocteau excelle dans peu de matières, et il est même renvoyé en raison de son indiscipline et de ses absences trop fréquentes. Privilégiant le dessin et la fréquentation des cafés artistiques, il rate à deux reprises les épreuves du baccalauréat, en dépit des cours privés payés par sa mère et des stages d'été auxquels celle-ci l'envoie. Cocteau décide alors d'interrompre ses études.

En 1908, à Paris, sa mère l'introduit dans les salons mondains et artistiques. Cocteau se lie d'amitié avec l'écrivain français Lucien Daudet (1878-1946) et le poète français Maurice Rostand (1891-1968). Suite au premier récital de ses poèmes, lors d'une matinée poétique qui lui est consacrée au théâtre Femina (Bordeaux), le jeune Cocteau – il a 19 ans – acquiert d'emblée une reconnaissance dans les milieux littéraires. En 1909, il publie son premier recueil de poèmes à compte d'auteur : *La Lampe d'Aladin*. Son talent est alors rapidement reconnu dans les cercles artistiques, et Jean Cocteau, le « prince frivole », devient la figure à la mode du Tout-Paris.

Son activité littéraire s'intensifie et ses rencontres se multiplient. En 1909, il fait la connaissance de Serge de Diaghilev (1872-1929), organisateur de spectacles, mécène et fondateur des Ballets russes qui, quelques années plus tard, bouleversent le poète avec la représentation du *Sacre du printemps* (1913). En 1910, Cocteau rencontre notamment Marcel Proust (écrivain français, 1871-1922) et François Mauriac (écrivain français, 1885-1970). L'année suivante, il entre en relation avec le compositeur et chef d'orchestre russe Igor Stravinsky (1882-1971), qu'il admire énormément et à qui il soumet un projet de ballet, *Parade*, en 1914.

Outre ses nombreuses rencontres et ses nombreux séjours à l'étranger, Cocteau ne cesse de dessiner, de rédiger des poèmes et des textes en prose. En 1913, après une rencontre avec André Gide (écrivain français, 1869-1951), dont le style de vie et l'esthétique littéraire l'influencent, il commence à composer *Le Potomak* – édité en 1919 –, recueil de dessins et de prose qui marque un tournant décisif dans son œuvre : désormais, Cocteau ne perçoit plus l'art de manière frivole, mais l'envisage comme un moyen de pénétrer l'invisible, de plonger dans les profondeurs.

UNE PRODUCTION INTARISSABLE

Au début de la Première Guerre mondiale (1914-1918), Jean Cocteau est rapidement réformé du service militaire pour raisons de santé. Souhaitant néanmoins participer activement à cette guerre de tranchées, il est d'abord engagé par la Croix-Rouge pour servir les actions humanitaires, avant d'être employé comme ambulancier en Flandre. C'est au cours de permissions qu'il rencontre Erik Satie, ainsi que Pablo Picasso ; la collaboration des trois artistes aboutit à la concrétisation du projet *Parade*, créé au théâtre du Châtelet en 1917. Rentré définitivement à Paris en 1916, Cocteau reprend et poursuit intensivement ses activités artistiques. En 1923, cette guerre lui inspirera encore son roman *Thomas l'imposteur*.

En 1919, il rencontre Raymond Radiguet (écrivain français, 1903-1923), dont les poèmes le fascinent : Jean Cocteau admire les talents littéraires de ce très jeune auteur. Leur amitié s'accentue, et leur collaboration s'intensifie. Ils deviennent inséparables : Cocteau aide Radiguet (*Le Diable au corps* [1923] ; *Le Bal du comte d'Orgel* [1924]), le relit, le conseille ; ensemble, ils voyagent également beaucoup, mais, bien que les amours – hétérosexuelles ou homosexuelles – du poète aient été nombreuses et parfois controversées, rien n'atteste ici d'une liaison avec le jeune artiste.

À la mort de son protégé, en 1923, Cocteau est pourtant profondément affecté. Il commence alors à soulager la perte de son ami dans l'opium, un substitut qui influence la majeure partie de son œuvre et qui le contraint aussi à suivre plusieurs cures de désintoxication au cours de sa vie d'adulte.

L'entre-deux-guerres (1918-1939) représente pour Jean Cocteau une période riche de gloire et d'une intense créativité, placée sous le signe de l'avant-garde. Alternant les séjours en France et les voyages à l'étranger, il poursuit ses activités littéraires et artistiques, tout en multipliant les liaisons.

En 1925, il retrouve Jean Bourgoint (1905-1966), homme religieux catholique – que l'opium n'indiffère pas non plus… –, et sa sœur Jeanne – qui se suicide en 1929 ; Cocteau se convertit. Le destin des Bourgoint l'impressionne véritablement et, en 1929, lui inspire son célèbre roman,

Les Enfants terribles, rédigé en deux semaines au cours d'une cure de désintoxication. L'année suivante, il réalise son premier long métrage, *Le Sang d'un poète*, film surréaliste et poétique. Puis, c'est à la fin des années 1930 qu'il rencontre l'acteur français Jean Marais (1913-1998), avec lequel il entame une relation de longue durée.

Au début de la Seconde Guerre mondiale (1939-1945), Cocteau rejoint fréquemment Marais, qui est mobilisé. Quittant Paris en 1940, il s'installe à Perpignan (Occitanie), où il est rapidement rejoint par son compagnon. À partir de 1942, son activité cinématographique ne cesse de croître, que ce soit en tant que scénariste, dialoguiste ou réalisateur. *La Belle et la Bête* – avec Marais dans le rôle de la Bête –, film fantastique réalisé en 1946, connaît d'ailleurs une renommée internationale. Cocteau incarne désormais l'artiste original et anticonformiste.

En 1947, il achète avec Jean Marais une maison à Milly-la-Forêt, à une cinquantaine de kilomètres de Paris. Les années qui suivent constituent toujours pour l'artiste-poète une intense période de créativité littéraire, artistique, théâtrale et surtout cinématographique (*L'Aigle à deux têtes* et *Les Parents terribles* [1948], *Orphée* [1950]), entremêlée de voyages à l'étranger, malgré l'infarctus dont il est victime en 1954.

Passionné depuis toujours par la peinture et le dessin, encouragé par les artistes qui l'entourent – notamment par Henri Matisse (peintre français, 1869-1954) –, il s'adonne également à la céramique, à la tapisserie et décore les chapelles de Villefranche-sur-Mer (Provence-Alpes-Côte d'Azur), de Milly-la-Forêt, ainsi que la villa de son amie et mécène, Francine Weisweiller (1916-2003).

Dans la dernière partie de sa carrière, Cocteau reçoit de nombreuses distinctions et récompenses : en 1953 et en 1954, il est sollicité pour présider le Festival de Cannes ; en 1955, il est élu à l'Académie royale de langue et de littérature françaises de Belgique, ainsi qu'à l'Académie française ; en 1956, il reçoit le titre de docteur *honoris causa* de l'université d'Oxford.

Malgré une crise d'hémoptysie – qui le contraint à l'immobilisation totale en 1959 – et le déclin de son état de santé, son labeur, son ardeur et sa vitalité dans le travail l'accompagnent jusqu'à

la fin de sa vie. Le 11 octobre 1963, Jean Cocteau
succombe à une ultime crise cardiaque.

RÉSUMÉ DE *LA MACHINE INFERNALE*

« UN CHEF-D'ŒUVRE D'HORREUR S'ACHÈVE »

Dix-sept ans se sont écoulés depuis le triomphe d'Œdipe et son mariage avec la reine Jocaste. Thèbes est maintenant frappée par la peste. Un jeune messager arrive dans la ville pour annoncer la mort de Polybe, roi de Corinthe et prétendu père d'Œdipe. Ce dernier est alors soulagé, car, contrairement à ce que l'oracle de Delphes avait prédit – qu'il tuerait son père et épouserait sa mère –, il n'est nullement le meurtrier de cet homme mort de vieillesse.

Mais le messager transmet aussi les derniers mots du défunt et révèle ainsi la vérité sur l'enfance d'Œdipe : celui-ci a été adopté par Polybe et son épouse, Mérope, alors qu'il avait été abandonné sur le mont Cithéron et suspendu par les pieds à la merci des bêtes sauvages. Et tandis qu'Œdipe se souvient avoir jadis tué un vieillard lors d'une rixe survenue au carrefour de Daulie et de Delphes, Jocaste a déjà compris qu'il est l'enfant qu'elle a abandonné à sa naissance pour ne pas voir se réaliser le destin qui lui était réservé.

La reine disparaît alors dans sa chambre et, quelques instants plus tard, Œdipe l'y découvre morte, pendue à son écharpe. Il accuse Créon – le frère de Jocaste – et Tirésias de l'avoir poussée au suicide, en l'ayant lui-même contraint à confesser son crime. Mais Tirésias lui fait alors ce terrible aveu : « Vous avez assassiné l'époux de Jocaste, Œdipe, le roi Laïus. » (p. 130)

Et lorsqu'il apprend encore – de la bouche même du berger qui l'a conduit sur la montagne d'après les ordres de sa mère – qu'il est le fils de Jocaste, Œdipe comprend qu'il lui est impossible d'échapper à l'oracle et à son sort. Pour se punir, il se crève les yeux et, aveugle, rencontre le fantôme de sa mère et épouse : Jocaste. Ainsi s'achève la pièce, tandis qu'Œdipe s'éloigne de la ville, accompagné du spectre de Jocaste et de leur fille Antigone.

UN JEUNE HOMME APPROCHE…

Jusqu'à ce dénouement tragique, c'est l'action de l'« une des plus parfaites machines construites par les dieux infernaux pour l'anéantissement mathématique d'un mortel » (p. 36) que Cocteau met en scène. Jeune homme, Œdipe a interrogé l'oracle de Delphes, et celui-ci lui a annoncé qu'il tuerait son père et épouserait sa mère. Afin d'échapper à ce funeste présage, Œdipe, ne sachant pas qu'il a été adopté, décide de quitter Corinthe et ses parents. Il prend alors la route.

Lors de son voyage, pris dans une altercation, il tue malencontreusement un vieillard, qu'il ne sait pas être Laïus, le roi de Thèbes et son père biologique. Plus tard, lors d'une halte, il prend connaissance du fléau du Sphinx, « ce monstre qui pose une devinette et tue ceux qui ne la devinent pas » (*ibid.*). Œdipe s'empresse de re-joindre Thèbes pour aller à sa rencontre et pour le vaincre.

Dans le même temps, sur les remparts de Thèbes, deux soldats veillent et protègent la ville du Sphinx, que personne ne connaît ni ne reconnaît, mais qui, dans les parages, assassine les jeunes gens qu'il croise sur sa route. Les soldats attendent aussi l'apparition du fantôme qui leur rend visite depuis plusieurs nuits. Ce spectre n'est autre que celui du roi Laïus, s'évertuant à prévenir son épouse du terrible sort qui s'annonce et la menace.

Jocaste, informée par les soldats, arrive d'ailleurs sur les remparts, accompagnée du devin Tirésias. Mais en dépit des appels pathétiques du fantôme, elle ne le voit ni ne l'entend. C'est donc seulement séduite par la beauté du plus jeune des deux soldats – celui-ci a l'âge qu'aurait aussi pu avoir son fils perdu –, que la reine repart. Le spectre disparaît à jamais, délivrant un ultime avertissement aux gardes : « Rapportez à la reine qu'un jeune homme approche de Thèbes [...] » (p. 61)

L'ÉNIGME DU SPHINX

Devant les portes de la ville, le Sphinx est las de tuer. Celui-ci se cache en réalité derrière l'apparence d'une jeune fille en robe blanche qui aspire seulement à tomber amoureuse, au point qu'elle est prête à se sacrifier pour le prochain jeune homme qui passera. Mais le chacal Anubis, dieu égyptien de la mort, ne voit pas les choses sous le même angle : il est bien décidé à faire respecter les ordres des dieux, qui ne tolèrent aucun attendrissement à l'égard des humains. La conversation entre le Sphinx et Anubis est par ailleurs interrompue par l'arrivée d'une matrone accompagnée de ses deux enfants, représentants de la classe populaire.

Puis, lorsqu'Œdipe survient et rencontre la jeune fille dans les décombres d'un petit temple, celle-ci tente d'abord de le dissuader d'affronter le Sphinx. Mais le jeune homme, orgueilleux, se montre résolu et déterminé à le vaincre. C'est alors qu'elle se transforme et lui révèle son véritable pouvoir. Elle le capture pour lui signifier sa puissance, mais le libère et l'épargne.

Anubis exige néanmoins que l'énigme soit posée : « Quel est l'animal qui marche sur quatre pattes le matin, sur deux pattes à midi, sur trois pattes le soir ? » (p. 86) Grâce à l'aide du Sphinx, Œdipe triomphe et se décide à entrer dans la ville pour annoncer sa victoire. Blessé par son indifférence, la créature réclame sa vengeance, mais Anubis le rassure en lui révélant le terrible projet que les dieux ont conçu pour ce jeune homme.

L'INCESTE COMME RÉCOMPENSE

Acclamé par la foule, Œdipe reçoit la récompense promise à celui qui serait capable de vaincre le monstre : la main de la reine Jocaste et la souveraineté sur Thèbes. Ainsi, le troisième acte relate la nuit de noces des jeunes époux, après une journée de cérémonies et de festivités fatigantes. Ceux-là se retrouvent donc seuls dans la chambre de Jocaste, mais comme le veut la tradition, le grand prêtre Tirésias rend visite au jeune marié pour consacrer l'union, tandis que la reine sort se préparer pour la nuit.

Le devin tente alors de mettre en garde Œdipe avant qu'il ne soit trop tard : il cherche à empêcher l'inceste et à enrailler ainsi le mécanisme infernal que les dieux ont mis en place. En vain. Œdipe se méfie du vieux Tirésias et tente de l'étrangler, mais, lui-même momentanément frappé d'aveuglement, il doit relâcher son étreinte. Le héros se ressaisit, s'excuse et explique au prêtre qu'il est le fils des souverains de Corinthe. Tirésias, rassuré, quitte la chambre, tandis que Jocaste revient.

Exténués, les amants s'allongent et sombrent petit à petit dans le sommeil, tous deux portés par des rêves et des cauchemars étranges qui font mystérieusement resurgir leur passé. Et en dépit de ces indices décousus et confus, en dépit aussi des avertissements d'un ivrogne – « Votre époux est trop jeune/ Bien trop jeune pour vous… Hou !… » (p. 118) –, les deux époux refusent de voir la vérité. Le piège des dieux s'est déjà refermé sur eux…

L'ŒUVRE EN CONTEXTE

GENÈSE ET PREMIÈRE REPRÉSENTATION

Au début de l'année 1932, Cocteau décide d'élaborer une pièce de théâtre ayant pour thème un mythe grec sur lequel il avait déjà travaillé : celui d'Œdipe. Alors qu'il passe l'été à Saint-Mandrier-sur-Mer, près de Toulon (Provence-Alpes-Côte d'Azur), en compagnie de l'écrivain et poète français Jean Desbordes (1906-1944), il termine la rédaction de cette pièce qu'il intitule *La Machine infernale*. Le poète la dédicace à Charles de Noailles (1891-1981) et à son épouse, Marie-Laure (1902-1970). Issus de l'aristocratie française et fortunés, tous deux jouent un rôle important en tant que mécènes de l'art français et entretiennent des liens d'amitié forts avec Jean Cocteau.

Bien que son élaboration soit fastidieuse et sa distribution peu aisée à rassembler, la pièce est mise en scène par Louis Jouvet (acteur, metteur en scène et directeur de théâtre français, 1887-1951) et représentée pour la première fois le 10 avril 1934 à la Comédie des Champs-Élysées à Paris, dans des décors et costumes de Christian Bérard (scénographe et décorateur français, 1902-1949). Jean-Pierre Aumont (acteur et comédien français, 1911-2001) y joue Œdipe, tandis que Cocteau interprète lui-même le rôle de la Voix.

LE CONTEXTE DE L'ENTRE-DEUX-GUERRES

La Machine infernale est composée en 1932, dans l'entre-deux-guerres, quelques années seulement après la fin des Années folles (1920-1929), période marquée par des crises politiques, économiques et sociales, mais aussi par une certaine joie de vivre ainsi qu'une agitation culturelle et intellectuelle, notamment à Paris, dans les quartiers de Montparnasse et de Montmartre.

Bien qu'il soit issu de la bourgeoisie parisienne, qu'il côtoie surtout les salons et les milieux mondains, Jean Cocteau n'est pas indifférent au contexte sociopolitique de son pays – et sa participation active aux efforts de guerre en 1914 a déjà témoigné de son implication et de son engagement personnel.

Au début des années 1930, le krach boursier qui avait frappé Wall Street (États-Unis) en 1929 atteint progressivement la France, causant les premières faillites et appauvrissant petit à petit la classe ouvrière. La situation économique du pays se dégrade, entraînant l'augmentation du nombre de chômeurs et une recrudescence des conflits sociaux. Afin de répondre à la crise économique française, plusieurs gouvernements se succèdent, en vain, tant ils se montrent incapables de la gérer et d'apporter des solutions concrètes.

En outre, ce climat d'instabilité politique favorise la montée du fascisme et l'ascension de nombreuses organisations extrémistes de droite comme l'Action française, les Camelots du roi, les Jeunesses patriotes ou les Croix-de-Feu, tandis que, face à ces dissensions politiques, des partisans de gauche appellent au pacifisme.

VIE ARTISTIQUE ET LITTÉRAIRE

Jean Cocteau a fréquenté de nombreux romanciers, poètes et artistes de son époque. Très influencé par l'avant-garde (mouvement artistique, intellectuel, politique et idéologique qui tend à rejeter les idées dominantes et s'inscrit en rupture avec les traditions), en particulier par le dadaïsme et le surréalisme, il ne reconnaît cependant pas officiellement son appartenance à ces mouvements, en raison de la haine que lui vouent certains de leurs représentants – notamment André Breton (écrivain et théoricien français, 1896-1966).

L'originalité de Jean Cocteau réside d'ailleurs dans son refus de se laisser enfermer dans tel ou tel cadre littéraire, intellectuel ou artistique ; le poète préfère ainsi se laisser guider par l'étonnement et la curiosité, marquant aussi l'ensemble de son œuvre d'une véritable empreinte personnelle.

Au début du XXe siècle, le credo surréaliste promouvant les automatismes psychiques purs qui, libérés du contrôle de la raison et des valeurs morales contemporaines, génèrent la création et l'expression artistique, guide Jean Cocteau dans l'élaboration de *La Machine infernale*. De fait, celui-ci y accorde une place importante à l'inconscient, à l'onirisme et à l'invisible ; son œuvre baigne dans une atmosphère située à la frontière entre le rêve et la réalité.

Mais la pièce de Jean Cocteau emprunte aussi au mouvement dada – également né au début du XXᵉ siècle – qui, iconoclaste et provocateur, remet en cause et déconstruit toutes les pratiques esthétiques, politiques et idéologiques. En effet, influencée par cet anarchisme artistique d'après-guerre, l'œuvre reflète un certain rejet de la culture classique – tout en conservant un langage parfois précieux –, un goût des mondanités et une curiosité à l'égard du mystique qui caractérise aussi les symbolistes.

En définitive, *La Machine infernale* combine donc l'influence de ces différents mouvements, enrichie par l'apport personnel et poétique de Jean Cocteau.

LA REPRISE DES MYTHES ANTIQUES

Au cours du XXe siècle, de nombreux écrivains s'intéressent aux œuvres des auteurs grecs et latins (Eschyle [vers 525 av. J.-C.-456 av. J.-C.], Sophocle, Euripide [480 av. J.-C.-406 av. J.-C.], Virgile [70 av. J.-C.-19 av. J.-C.], Sénèque [2 av. J.-C.-65 apr. J.-C.], etc.), en particulier à celles qui fondent les grands mythes antiques, récits allégoriques à la portée universelle.

Ainsi, souhaitant en donner une nouvelle lecture, des auteurs tels qu'André Gide avec *Œdipe* (1931), Jean Giraudoux (écrivain français, 1882-1944) avec *Amphitryon 38* (1929), *La guerre de Troie n'aura pas lieu* (1935) et *Électre* (1937), ou encore Jean Cocteau, réinterprètent ces mythes en les inscrivant dans le contexte historique, politique, économique, social et culturel de leur époque, en s'inspirant aussi des préoccupations contemporaines et de l'évolution des mentalités. Les récits légendaires des aventures de Narcisse, Pygmalion, Prométhée, Antigone ou encore Sisyphe, pour ne citer que quelques noms, ont alors maintes fois été réécrits et réactualisés.

C'est donc dans ce contexte de reprise des mythes antiques que s'inscrit la composition de *La Machine infernale*. En outre, la reprise du mythe œdipien n'est pas un cas isolé dans l'œuvre de Jean Cocteau, car, au fil de sa carrière, celui-ci a lui-même porté un intérêt particulier et renouvelé pour les textes et mythes antiques. En témoigne la création d'autres œuvres : par exemple, *Antigone* (1922), *Orphée* (1927), *Phèdre* (1950) et *Le Testament d'Orphée* (1960).

Mais bien qu'inspirée de la tragédie grecque de Sophocle, *La Machine infernale* s'écarte fortement de son modèle en conférant au mythe une dimension politique, idéologique et psychologique toute personnelle. En sus, le suicide inexpliqué de son père dans son enfance et la relation fusionnelle qu'il entretient avec sa mère durant toute sa vie, ont également pu orienter son attention vers le mythe d'Œdipe et déterminer la lecture qu'il en fait – dans cette œuvre, Jean Cocteau interroge explicitement les relations entre une mère et son fils.

ANALYSE DES PERSONNAGES

La Machine infernale met en scène un total de 17 personnages dont l'importance se révèle inégale au cours du récit. Les relations familiales entre les personnages sont imposées à Cocteau par le cycle des légendes des Labdacides, descendants de Labdacos, roi de Thèbes.

Les Labdacides

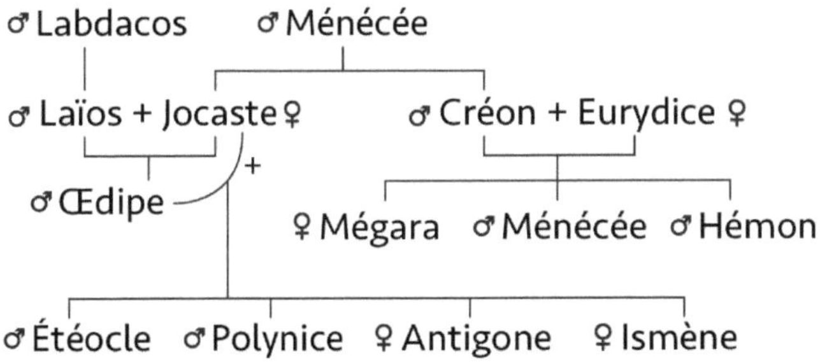

| Arbre généalogique des Labdacides.

Œdipe est encore nourrisson lorsqu'il est abandonné sur la montagne par la reine Jocaste et le roi Laïus, les pieds troués et liés ; découvert par un berger, il est alors adopté par Polybe et Mérope, souverains de Corinthe. Plus tard, c'est en pensant déjouer l'oracle de Delphes que le jeune homme s'enfuit et réalise malgré lui le funeste projet des dieux : il assassine accidentellement son père et, sans le savoir, épouse sa mère. La tragédie repose donc sur cette terrible désillusion : l'orgueilleux Œdipe – il incarne l'*hubris* grecque, c'est-à-dire l'orgueil et la démesure des humains dont les dieux doivent se venger – croit défier les dieux immortels, mais il ne cesse en vérité jamais d'être leur jouet.

Dans *La Machine infernale*, le héros de la pièce est représenté sous l'apparence d'un jeune homme de 19 ans, beau et séduisant. Selon Anubis, « il ressemble fort à un jeune dieu » (p. 75). Mais sa jeunesse et sa beauté le renvoient aussi à l'innocence d'un enfant. Cet aspect enfantin est renforcé par la naïveté et la crédulité dont fait parfois preuve le personnage, le rendant par conséquent enjoué, voire ridicule : « Je serais ridicule. On dirait un chasseur qui rentre bredouille après avoir tué son chien. » (p. 91)

Œdipe est assoiffé de gloire et particulièrement confiant en lui, surtout lorsqu'il relate au Sphinx l'épisode de sa rencontre avec Laïus : « Ma foi, ce n'était pas ma faute, et je n'y pense plus. Il importe que je saute les obstacles, que je porte des œillères, que je ne m'attendrisse pas. D'abord mon étoile. » (p. 80) Toutefois, ces caractéristiques sont exacerbées au point qu'Œdipe apparaît même vantard, vaniteux, prétentieux, arrogant et insolent. Mais sous l'apparence de son assurance, le jeune homme dissimule une grande faiblesse. Tandis qu'il ignore encore être à la merci des dieux, il se découvre déjà faillible et soumis face au Sphinx : « Oh ! Madame… Oh ! Madame ! Oh ! non ! non ! non ! non, madame ! » (p. 85)

L'identité d'Œdipe est donc double : d'une part, il est présenté comme un homme intelligent, sachant manier la politique ; d'autre part, il apparaît comme faible et immature. La dichotomie est ainsi entretenue tout au long de la pièce de Jean Cocteau, jusqu'au dénouement : Œdipe est à la fois le sauveur et le malheur de la cité, tantôt acclamé, tantôt rejeté, actif et passif, coupable et innocent, heureux et malheureux, etc.

À la fin de la pièce, terrassé par les dieux, il s'assagit néanmoins. Il semble plus calme, acceptant pour la première fois son destin et découvrant dès lors sa véritable identité : « J'y vois clair, Tirésias, mais je souffre... J'ai mal... La journée sera rude. » (p. 133) Œdipe est enfin devenu un homme, acceptant les souffrances physique et morale liées à sa condition mortelle.

JOCASTE

Veuve du roi Laïus, reine de Thèbes, Jocaste est aussi la mère, puis l'épouse d'Œdipe. Dans *La Machine infernale*, elle est alors sans cesse tiraillée entre ces deux statuts inconciliables que, d'ailleurs, elle peine à assumer : en effet, d'une part, Jocaste ne peut se départir du sentiment de culpabilité qui la ronge depuis qu'elle a abandonné son fils ; d'autre part, elle craint de ne pas être une épouse convenable pour Œdipe, qui est beaucoup plus jeune qu'elle...

D'abord, elle semble plutôt autoritaire et sûre d'elle, bien qu'elle témoigne une certaine affection à l'égard de Tirésias ; après son mariage avec Œdipe, elle s'adoucit et révèle rapidement son instinct maternel, passant sans cesse du rôle d'épouse à celui de mère.

Personnage féminin central de la pièce, Jocaste est représentée comme une femme sensuelle, séduisante, belle et qui veut paraître encore jeune, comme l'illustre cette ironique réplique de la matrone : « La reine Jocaste est encore jeune. De loin, on lui donnerait vingt-neuf, trente ans. » (p. 73) Mais tandis qu'Œdipe est encore fougueux et pimpant, elle se situe davantage à la frontière entre l'âge adulte et la vieillesse ; elle redoute d'ailleurs une certaine déchéance physique : « Jocaste, le visage contre le miroir vide, se remonte les joues, à pleines mains. » (p. 119)

En fait, l'inquiétude de Jocaste vis-à-vis de son âge, de son corps et de son image, dissimule un tourment beaucoup plus profond, qui est bien sûr celui de l'inceste. Au terme de la pièce, elle semble enfin avoir trouvé sa place auprès d'Œdipe : sous les traits d'une jeune femme, ceux de sa mère, elle accompagne son fils et Antigone sous la forme d'un spectre. Elle atteint donc la plénitude de son être, lorsqu'elle s'affirme en tant que mère.

LE SPHINX

Monstre inconnu et mystérieux, le Sphinx soumet une énigme aux jeunes gens qui se dirigent vers Thèbes, assassinant ceux qui ne parviennent pas à la résoudre. Il terrifie donc la population, recluse derrière les remparts de la ville. Posté à quelques encablures de Thèbes sous l'allure d'une jeune fille de 17 ans en robe blanche, le Sphinx prend, lorsqu'il s'engage dans le socle praticable d'un petit temple en ruine, l'apparence extraordinaire et effrayante d'un monstre à tête de femme et au corps ailé.

Envoyé par les dieux, le Sphinx, en réalité immortel, est ici tiraillé entre une nature sensible et douce – la jeune fille aspire à tomber amoureuse : « J'en ai assez de tuer. J'en ai assez de donner la mort. » (p. 68) – et sa fureur monstrueuse qui se révèle tant physiquement (son allure de sphinx et sa métamorphose ensuite en Némésis, déesse grecque de la vengeance), qu'oralement. En témoignent sa déception et ses répliques virulentes lorsqu'elle comprend qu'elle a été abusée par Œdipe : « L'imbécile ! Il n'a donc rien compris. » (p. 86) ; ou encore : « Kss ! Kss ! Anubis… Tiens, tiens, regarde, cours vite, mords-le, Anubis, mords-le ! » (*ibid.*)

Ce personnage est à la fois autoritaire et faible, fascinant et repoussant, prévisible et imprévisible. Sa véritable nature de déesse est révélée lorsque le Sphinx recouvre l'apparence de Némésis, à la fin du deuxième acte : « Vous la Déesse des Déesses ! Vous la grande entre les grandes ! Vous l'implacable ! Vous la Vengeance ! Vous Némésis ! », se réjouit alors Anubis (p. 88).

ANUBIS

Sous la forme d'un chacal, Anubis est le « compagnon » du Sphinx. Infaillible, il assume la fonction de gardien du Sphinx, préservant celui-ci de ses propres faiblesses et le contraignant à accomplir la volonté des dieux : « Ma consigne m'oblige à vous contredire ; nous ne sommes pas libres. » (p. 67)

Anubis est également le dieu égyptien de la mort. Il se sert d'ailleurs de sa mâchoire de chacal pour assassiner les jeunes gens. Comme le Sphinx, il appartient donc au monde des divinités ; il est immortel. Supérieur aux êtres humains, il est néanmoins soumis aux lois de dieux qui le commandent et dont il n'est que l'instrument : « Obéissons. [...] Les dieux possèdent leurs dieux. » (p. 68)

TIRÉSIAS

Devin fidèle de Jocaste et de Laïus, Tirésias, personnage complexe, est principalement caractérisé par la dualité aveugle-voyant : de fait, bien qu'il soit privé de la vue, il a la capacité de deviner l'avenir. De plus, la psychologie de Tirésias est intéressante, car sa personnalité évolue au fil de la pièce.

Il est d'abord présenté sous les traits d'un personnage risible (son surnom « Zizi » en est une illustration parfaite), qui paraît méfiant et souvent dubitatif : « Ils se concertent. Ils veulent peut-être nous sauter dessus. » (p. 51) Son affection et son dévouement à l'égard de la reine Jocaste sont très forts, parfois même ridicules : « Ma petite brebis, il faut comprendre un pauvre aveugle qui t'adore, qui veille sur toi [...] » (p. 49)

À la fin toutefois, il apparaît comme un personnage intelligent, véritable incarnation de la sagesse, au point que sa présence dérange Œdipe, qu'il tente pourtant de mettre en garde sans toutefois lui révéler la vérité : « Réfléchissez encore, Œdipe. Les présages et ma propre sagesse me donnent tout à craindre de ces noces extravagantes ; réfléchissez. » (p. 103)

ANALYSE DES THÉMATIQUES

LA FATALITÉ DU DESTIN

Thème tragique par excellence, le *fatum* – destin irrévocable – est aussi l'un des principaux thèmes de l'œuvre de Jean Cocteau. Il apparaît d'ailleurs de prime abord dans le titre de la pièce : ainsi, le mécanisme de la « machine infernale » renvoie d'emblée au projet des divinités, ces forces extérieures et surnaturelles qui manipulent les personnages de l'intrigue à leur guise.

En effet, peu importe les actions accomplies par les protagonistes pour se soustraire à cette autorité : une fois que les dieux ont décidé de leur destin, qu'ils ont mis en place leurs imparables stratagèmes, plus rien ne peut arrêter cette « machine infernale ». C'est tout le sens de l'invitation de la Voix, en ouverture de la pièce : « Regarde, spectateur, remontée à bloc, de telle sorte que le ressort se déroule avec lenteur tout le long d'une vie humaine, une des plus parfaites machines construites par les dieux infernaux pour l'anéantissement mathématique d'un mortel. » (p. 36)

Quoiqu'il s'inspire d'une tragédie préexistante, Cocteau abandonne délibérément le titre original de Sophocle, *Œdipe roi*, pour lui préférer *La Machine infernale*. Ce faisant, via la métaphore, il recentre l'attention du lecteur sur cette thématique de la fatalité qui ne peut être déjouée par les personnages : Œdipe n'est plus le sujet central de la pièce qu'en tant qu'il est manipulé par les dieux.

En outre, au fil de l'œuvre, Cocteau insiste non seulement sur la maîtrise parfaite du mécanisme développé par les dieux, mais aussi sur son essence machiavélique – infernale. Ainsi, dans l'acte IV, le dramaturge révèle toute la perversité du projet divin : « La grande peste de Thèbes a l'air d'être le premier échec à cette fameuse chance d'Œdipe, car les dieux ont voulu, pour le fonctionnement de leur machine infernale, que toutes les malchances surgissent sous le déguisement de la chance. » (p. 123) La fatalité, en plus d'être inéluctable, est donc aussi diabolique et sournoise.

Et le destin s'accomplit alors sous l'impulsion néfaste et nocive de divinités apparemment insensibles, dépourvues de sentiments et d'émotions à l'égard des êtres humains : « Efforcez-vous donc de vous souvenir que ces victimes, qui émeuvent la figure de jeune fille que vous avez prise, ne sont autre chose que zéros essuyés sur une ardoise, même si chacun de ces zéros était une bouche ouverte criant au secours » (p. 69), conseille ainsi Anubis au Sphinx.

Soumis à la volonté maléfique des dieux, à la merci de leurs jeux calculés, les hommes sont des victimes incapables de déjouer leur destinée, de s'écarter, quoi qu'ils fassent, quelles que soient leurs réactions, du sort malheureux qui les attend. Une fois les dés jetés par les forces supérieures, hasard et libre arbitre n'existent plus. L'homme se soumet bon gré mal gré à la « machine infernale » et, par là même, à la volonté divine.

Bien sûr, c'est en particulier le cas d'Œdipe, l'orgueilleux héros de la pièce. Mais les mortels ne sont pas les seuls à être instrumentalisés par cette machine. Des divinités comme Anubis et le Sphinx – Némésis – sont également soumises à des forces supérieures, dominées par des dieux qui leur sont propres, comme le souligne cette réplique d'Anubis : « Obéissons. Le mystère a ses mystères. Les dieux possèdent leurs dieux. Nous avons les nôtres. Ils ont les leurs. C'est ce qui s'appelle l'infini. » (p. 68) Cocteau interroge par conséquent l'étendue infinie de cette « machine infernale » qui, dès lors, semble se soustraire au réel, échapper à la raison et, en définitive, ménager une brèche pour l'intrusion du surnaturel.

L'ATTRAIT POUR LE SURNATUREL

Marqué par les éprouvantes expériences de la vie (le suicide de son père, la guerre, la mort de Radiguet, etc.), influencé par l'écriture automatique des surréalistes (libérée du contrôle de la conscience et de la volonté), fasciné par les pouvoirs de l'opium et converti à la religion, Jean Cocteau accorde une grande importance au dépassement de la réalité matérielle ; il aspire à un au-delà, invisible et mystérieux.

D'ailleurs, l'atmosphère mise en place dans la pièce est souvent spectaculaire, comme le suggèrent les didascalies : « Outre les éclairages de détail, les quatre actes baignent dans l'éclairage livide et fabuleux du mercure » (p. 33) ; « Nuit d'orage. Éclairs de chaleur » (p. 37), etc. L'apparition de revenants, la transformation des divinités et les séquences oniriques accentuent bien sûr cette ambiance fantastique.

Dans *La Machine infernale*, tantôt ce surnaturel est placé sous le signe de la malveillance (les divinités asservissent les personnages afin de mieux les manœuvrer) ; tantôt, à l'instar des fantômes de Laïus (au début de la pièce) et de Jocaste (à son terme), il surgit afin de mettre les personnages en garde et de les protéger : « Ta femme est morte pendue, Œdipe. Je suis ta mère. C'est ta mère qui vient à ton aide... Comment ferais-tu rien que pour descendre seul cet escalier, mon pauvre petit ? » (p. 133)

Au deuxième acte, le Sphinx et Anubis apparaissent tout d'abord incarnés dans un corps physique et matériel, artifice leur permettant de se rendre visibles aux yeux des hommes, comme le précise Anubis : « Je répondrai que la logique nous oblige, pour apparaître aux hommes, à prendre l'aspect sous lequel ils nous représentent, sinon, ils ne verraient que du vide. » (p. 68) Le Sphinx prend alors l'apparence d'une jeune fille virginale et innocente (« Au lever du rideau, une jeune fille en robe blanche est assise sur les décombres », p. 67), tandis qu'Anubis, symbolisé par une tête de chacal, reste dissimulé à la vue des autres personnages : « Pendant sa phrase Anubis a dressé les oreilles, tourné la tête et détalé sans bruit, à travers les ruines où il disparaît. » (p. 69)

Néanmoins, une fois les faiblesses et les véritables motivations d'Œdipe mises à jour – arrogant et sous-estimant la puissance des dieux, celui-ci choisit délibérément la quête de gloire et de pouvoir –, la vraie nature des divinités perce sous le masque des apparences : la jeune fille prend alors la forme d'un corps astral, celui du Sphinx. Le surnaturel, jusqu'ici encore latent, surgit soudainement avec force :

> « On se rend compte qu'il se passe un événement extraordinaire. Le Sphinx bondit à travers les ruines, disparaît derrière le mur et reparaît, engagé dans le socle praticable, c'est-à-dire qu'il semble accroché au socle, le buste dressé sur les coudes, la tête droite, alors que l'actrice se tient debout, ne laissant paraître que son buste et ses bras couverts de gants mouchetés, les mains griffant le rebord, que l'aile brisée donne naissance à des ailes subites, immenses, pâles, lumineuses,

et que le fragment de statue la complètent, la prolongent et paraissent lui appartenir. » (p. 82)

De la même manière, Anubis apparaît ouvertement à Œdipe (« Anubis paraît, les bras croisés, la tête de profil, debout à droite du socle » (p. 85), et les divinités font la démonstration de leur toute-puissance (« Derrière les ruines, sur le monticule, apparaissent deux formes géantes couvertes de voiles irisés : les dieux », p. 91). Échappant à la compréhension des hommes, l'irruption du surnaturel vient souligner la faiblesse et la finitude des hommes.

En fait, dans *La Machine infernale*, la perception de ce monde surnaturel est réservée à un nombre restreint de « voyants », capables de capter l'essence de cet au-delà, même lorsqu'ils sont physiquement atteints de cécité.

C'est le cas du personnage de Tirésias. De fait, celui-ci dépasse sa condition d'aveugle pour accéder à une certaine perception du surnaturel. Doté d'un « troisième œil », intérieur, il est en effet capable d'atteindre la vérité que les personnes voyantes ne peuvent percevoir : « Mes yeux de chair s'éteignent au bénéfice d'un œil intérieur, d'un œil qui rend d'autres services que de compter les marches des escaliers ! » (p. 48)

Dans *La Machine infernale*, Cocteau dénonce par conséquent la condition de l'être humain qui, enfermé dans les limites de la réalité qu'il connaît – celle qu'il peut appréhender par les sens ou par la raison –, refuse (ou est incapable) de voir ou de comprendre ce qui dépasse l'ordre établi du réel. Œdipe, inapte à percer le dessein des dieux tout au long de pièce, n'est capable de saisir la vérité qu'après avoir perdu l'usage de ses yeux.

UNE VISION PESSIMISTE DE LA CONDITION HUMAINE

Dramaturge et poète, Cocteau se présente aussi en tant que philosophe, proposant une réflexion sur la condition prédestinée de l'homme et remettant en cause sa liberté. Déterminé par des forces supérieures qu'il est incapable de percevoir, l'être humain naît aveugle et doit nécessairement se soumettre à la volonté et aux décisions des dieux qui régissent son destin et sa vie. L'homme n'est donc pas libre, et la « machine infernale » constitue ici la métaphore d'un monde tragique au sein duquel toute quête d'affranchissement est vouée à l'échec. Rien ne peut alors soustraire les hommes à leur sort, pas même l'intervention du spectre de Laïus, pourtant attaché à prévenir les mortels du danger qui les menace.

Mais celui-ci agit en vain, puisqu'il est non seulement invisible aux yeux de Jocaste et de Tirésias, mais également entravé dans son entreprise par des puissances mystérieuses : « Au secours ! Au secours ! Vite ! Rapportez à la reine qu'un jeune homme approche de Thèbes, et qu'il ne faut sous aucun prétexte… Non ! Non ! Grâce ! Grâce ! Ils me tiennent ! Au secours ! C'est fini ! Je… Je… Grâce… Je… Je… Je… » (p. 61)

En outre, l'apparition du fantôme à l'acte I laisse aussi entrevoir l'incapacité des personnages à dépasser leur condition sociale : « Laisse les princes s'arranger avec les princes, les fantômes avec les fantômes, et les soldats avec les soldats » (p. 62), recommande l'un des deux soldats qui a pourtant aperçu le spectre. Ainsi, les hommes préfèrent ne pas outrepasser les limites de l'ordre établi et rester aux places qui ont été déterminées pour eux.

Jocaste est aussi privée de liberté, tant elle demeure prisonnière d'un passé qu'elle ne peut oublier. Le vocabulaire employé par Cocteau dans le troisième acte est d'ailleurs particulièrement révélateur et porteur de sens : « Ta chambre, une prison, ta chambre… et notre lit. » (p. 98) La reine est seulement libre lorsque la vérité est révélée, lorsqu'elle comprend la nature incestueuse de sa relation avec Œdipe, et se remémore aussi le crime qu'elle a voulu commettre à la naissance de ce dernier. Le prix de cette liberté est alors un malheur si grand qu'il la conduit au suicide ; transformée en spectre, elle est condamnée à errer avec son fils devenu aveugle, et à le guider.

Enfin, le décor vient renforcer cette impression de claustration et de privation : outre les remparts – décrits au début du premier acte – qui isolent la ville de Thèbes, les lieux paraissent clos, renforçant l'emprisonnement des personnages : « L'estrade, débarrassée de la chambre dont l'étoffe rouge s'envole vers les cintres, semble cernée de murailles qui grandissent. » (p. 125)

En définitive, Cocteau, en instaurant un climat d'ensemble défaitiste (l'ennui ressenti par le jeune soldat au début de la pièce, le peuple démoralisé qui se console dans les boîtes de nuit, le discours pessimiste de la matrone sur la situation politique, la complainte de l'ivrogne, la peste, le dénouement sordide impliquant le suicide de Jocaste, la mutilation d'Œdipe et son exil, etc.) fournit une vision tragique et pessimiste de la réalité : la destinée humaine, sous l'emprise d'instances supérieures, est de toute façon vouée à l'échec. L'homme paraît inférieur aux divinités qui le dominent et le déterminent dans ses moindres faits et gestes.

LA PSYCHANALYSE

Inceste et parricide

Dans *La Machine infernale*, la relation incestueuse entre Œdipe et Jocaste peut nous renvoyer aux théories fondamentales de la psychanalyse, telles qu'elles ont été formulées par Sigmund Freud (fondateur autrichien de la psychanalyse, 1856-1939). De fait, au centre de la pensée freudienne, le complexe d'Œdipe – ainsi nommé en référence à la tragédie de Sophocle – traduit le désir inconscient d'avoir des rapports sexuels avec le parent du sexe opposé et le souhait de tuer le parent rival du même sexe.

Comme chez le poète tragique grec, nous retrouvons donc les concepts d'inceste et de parricide dans la pièce de Jean Cocteau qui, du reste, s'intéresse de près aux théories de la psychanalyse freudienne – et ce d'autant plus qu'orphelin de père dès son plus jeune âge, il a développé une relation très forte avec sa mère. D'entrée de jeu, ces concepts clés sont d'ailleurs énoncés de manière explicite par la Voix : « Le coup se trompe d'adresse et assomme le maître. Ce vieillard mort est Laïus, roi de Thèbes. Et voici le parricide [...]. Toujours est-il que le jeune Œdipe entre à Thèbes en vainqueur et qu'il épouse sa mère. Et voilà l'inceste. » (p. 35-36)

Chez Cocteau, la psychologie de Jocaste est très fouillée. L'identité de la reine est double, puisqu'elle est à la fois la mère et l'épouse d'Œdipe : en tant que parent, loin d'éprouver les joies de la maternité, elle a d'abord abandonné son fils à une mort certaine sur la montagne ; en tant que femme, ses sentiments et son désir sont condamnables au nom de l'interdit de l'inceste. À ce titre, Jocaste est de prime abord un personnage équivoque, si ce n'est même monstrueux.

Mais dans *La Machine infernale*, Jean Cocteau adoucit ce caractère terrible en insistant à plusieurs reprises sur l'aspect maternel, doux et attendrissant de Jocaste. C'est le cas au début de la pièce, où elle apparaît déjà comme une mère plutôt que comme une épouse : « Si j'avais un fils, il serait beau, il serait brave, il devinerait l'énigme, il tuerait le Sphinx. Il reviendrait vainqueur. » (p. 58)

Et de la même manière, plus tard, notamment durant la nuit de noces (acte III), ce n'est pas en épouse sensuelle, avide de passion amoureuse, que Jocaste apparaît, mais bien plutôt encore en tant que mère, attendrie et protectrice : « Là, là, c'est fini, tu es dans notre chambre, dans mes bras... » (p. 113) Les deux identités de Jocaste ne seront néanmoins conciliables qu'à la fin de la pièce, une fois son suicide accompli.

Réciproquement, l'équivoque caractérise aussi la double identité d'Œdipe au sein de cette relation incestueuse : en effet, il est à la fois le fils de Jocaste et son époux ; plus tard, à la fois le père et le frère de ses propres enfants – Étéocle, Polynice, Ismène et Antigone –, Jocaste étant quant à elle la mère et la grand-mère de ceux-ci.

Ces deux identités ne seront également conciliables qu'après avoir accepté et enduré d'atroces souffrances psychologiques et physiques, notamment après s'être crevé lui-même les yeux avec la broche de Jocaste. Et les divinités de se réjouir d'avance des conséquences inévitables de la machination infernale (« Et moi qui lui disais : "Elle pourrait être votre mère." Et il répondait : "L'essentiel est qu'elle ne le soit pas." Anubis ! Anubis ! C'est trop beau, trop beau », p. 87, se félicite ainsi le Sphinx).

Ainsi, contrairement au meurtre de Laïus – donc au thème du parricide –, peu approfondi dans *La Machine infernale*, l'union entre Œdipe et Jocaste est clairement mise en évidence et largement explorée : l'inceste est ici le crime principal, celui qui motive le châtiment. C'est cette thématique qui, revue en profondeur par Cocteau – le dramaturge est ici largement inspiré par la relation fusionnelle qu'il entretenait lui-même avec sa mère –, fait en grande partie l'originalité de l'œuvre.

Le rêve

Deux autres aspects de *La Machine infernale* manifestent encore la rencontre des réflexions personnelles de Jean Cocteau – et de ses influences – avec les théories psychanalytiques de Freud. Tout d'abord, dans *L'interprétation du rêve* (1899), ce dernier envisage le rêve comme l'accomplissement d'un désir inconscient ; le rêve peut ainsi être interprété et renseigner sur les désirs du rêveur.

Et de même pour Cocteau, aussi influencé par le mouvement surréaliste, les rêves sont la clé pour approcher l'inconscient, l'invisible et l'indicible. Aussi la présence de séquences oniriques – ou cauchemardesques – dans *La Machine infernale* n'est-elle pas anodine ; elle souligne encore cette volonté du dramaturge d'atteindre un au-delà à travers l'expérience du rêve. Surtout, ces séquences nous renseignent sur les désirs inconscients, dissimulés – et incestueux – des deux principaux protagonistes. Jocaste confie ainsi au devin Tirésias :

> « L'endroit du rêve ressemble un peu à cette plate-forme ; alors je te le raconte. Je suis debout,

la nuit ; je berce une espèce de nourrisson. Tout à coup, ce nourrisson devient une pâte gluante qui me coule entre les doigts. Je pousse un hurlement et j'essaie de lancer cette pâte ; mais… oh ! Zizi… Si tu savais, c'est immonde… Cette chose, cette pâte reste reliée à moi et quand je me crois libre, la pâte revient à toute vitesse et gifle ma figure. Et cette pâte est vivante. Elle a une espèce de bouche qui se colle sur ma bouche. Et elle se glisse partout : elle cherche mon ventre, mes cuisses. Quelle horreur ! » (p. 50)

À travers ce cauchemar, Jocaste entrevoit bien sûr la relation incestueuse qu'elle aura avec son fils ; surtout, ce mauvais rêve nous donne directement accès à son inconscient, à ses désirs, à ce rapport d'attraction-répulsion qu'elle entretient avec cette « pâte », métaphore singulière d'Œdipe.

Les songes de ce dernier sont également révélateurs de l'union illégitime annoncée par la prophétie. Par ailleurs, en se présentant sous la forme de cauchemars, les rêves d'Œdipe accentuent le caractère monstrueux de la relation qu'il a avec sa mère : « Non ! non ! (Il s'éveille.) Où étais-je ? Quelle horreur ! Jocaste, c'est toi… Quel cauchemar, quel cauchemar horrible. » (p. 113)

Enfin, un autre aspect étroitement lié à la psychanalyse moderne peut encore être mis en évidence, c'est l'attirance que ressent Jocaste à l'égard du jeune soldat dans l'acte I : « Il est beau, Zizi, tâte ces biceps, on dirait du fer... » (p. 54) Cet épisode nous renvoie directement à la notion de transfert psychanalytique, c'est-à-dire au déplacement d'affects d'une personne à une autre. Ici, Jocaste voit en réalité la figure d'Œdipe dans les traits du jeune soldat : « Juste son âge ! Il aurait son âge... Il est beau ! Avance un peu. Regarde-moi. Zizi, quels muscles ! J'adore les genoux. C'est aux genoux qu'on voit la race. Il lui ressemblerait... » (p. 54)

Dans *La Machine infernale*, Cocteau recourt donc aux éléments du mythe antique et aux théories de la psychanalyse freudienne dans le but de souligner sa propre conception de la condition humaine dans un monde qu'il considère tragique.

STYLE ET ÉCRITURE

STRUCTURE DE LA PIÈCE

Les quatre actes qui composent *La Machine infernale* – « La fantôme » ; « La rencontre d'Œdipe et du Sphinx » ; « La nuit de noces » ; « Œdipe roi » – s'ouvrent systématiquement sur une intervention de la Voix, extérieure à l'action et interprétée, à l'origine, par Jean Cocteau lui-même. En incarnant la Voix – préalablement enregistrée sur un disque, ce qui témoigne déjà de la modernité de l'œuvre –, le dramaturge se substitue au chœur antique pour mieux encadrer la représentation et faire valoir sa propre interprétation du mythe.

Comme le prologue des pièces antiques, la Voix a d'abord pour fonction d'exposer l'action et son contexte ; elle rappelle ainsi le contenu du mythe et vient rafraîchir la mémoire du spectateur. Avant même le début de la pièce, elle s'attache à guider le spectateur, qu'elle a le pouvoir d'interpeller directement en le plongeant immédiatement au cœur du récit : « Regarde, spectateur

[...] » (p. 36) D'ailleurs, dans la suite de la pièce, elle continue à assurer le rôle du chœur antique en structurant le déroulement de l'histoire et en résumant les événements afin de guider le spectateur ; elle a pour fonction de commenter l'action et, parfois, de fournir quelques précisions complémentaires à l'intrigue : « Depuis l'aube, les fêtes du couronnement et des noces se succèdent. » (p. 95)

Outre les interventions de la Voix, les actes, qui ne sont pas divisés explicitement en scènes, sont scandés par les entrées et les sorties des différents personnages. Rédigés dans le désordre, ils fonctionnent comme des entités autonomes, en ce sens que chacun a sa propre ambiance, son propre décor, son propre rythme, sa propre durée, ses propres thématiques, son propre style.

En effet, tandis que chaque acte se déroule dans un lieu distinct (les remparts de Thèbes, une route déserte, la chambre de Jocaste, une cour), une atmosphère spécifique leur est associée (une ambiance lourde et sinistre pour le premier acte, par exemple ; un climat plus calme et doux pour le troisième). De la même manière, chaque acte présente une durée différente (assez longue au début de la pièce ; très courte pour le dénouement) et un style prépondérant (langage familier au premier acte ; langage poétique au deuxième acte, par exemple). Mis bout à bout, ils forment néanmoins le bloc indissociable de *La Machine infernale*.

Dans *La Machine infernale*, tandis que la Voix annonce d'emblée – avant même le début du premier acte – la conclusion tragique en résumant le destin funeste réservé au héros, le dernier acte vient boucler le récit en réalisant ces prédictions liminaires. Ainsi, l'intrigue est entièrement contenue entre un prologue et un dénouement qui se renvoient l'un à l'autre, comme dans un miroir. En d'autres termes, la structure même de l'œuvre renvoie à l'idée du piège, du cercle qui se referme inéluctablement sur les personnages, sans ménager aucune échappatoire.

Enfin, Cocteau construit l'ensemble de sa pièce en accélérant progressivement le déroulement de l'action, de sorte que les événements se précipitent : la longueur des actes va ainsi en s'amenuisant, de même que la longueur des répliques. Cette construction en crescendo vise à intensifier la stupéfaction des personnages au moment de la révélation finale – c'est la foudre qui frappe, commente Tirésias. La vérité s'abat brutalement sur Œdipe, sans qu'il l'ait vue venir. Le rythme des dialogues contribue alors à la forte intensité de la scène : « Je vais… Au fait… au fait… » (p. 129) Et l'éloignement du héros accompagné de Jocaste et d'Antigone représente quant à lui un épilogue qui, après une tension intense, ramène le calme et la sérénité.

LA MODERNITÉ DU RÉCIT

Dans *La Machine infernale*, Cocteau s'attache non seulement à proposer une relecture de la légende d'Œdipe, mais aussi à moderniser son récit : d'une part, en se distanciant de sa principale source d'inspiration, Sophocle – il supprime par exemple les parties chantées par le chœur dans *Œdipe roi* et, au contraire, procède à l'ajout de divers épisodes – ; d'autre part, en mélangeant différents tons et registres à la tragédie.

Cette variété concourt à définir l'originalité de la pièce et, surtout, soutient une nouvelle approche de la tragédie : Cocteau propose ici une vision personnelle de la condition humaine, teintant aussi le mythe d'humour. Enfin, le caractère moderne de la pièce est également manifesté par la présence de plusieurs anachronismes qui permettent à l'auteur de réinscrire discrètement l'action dans l'époque contemporaine.

La comédie et la tragédie

Dès le premier acte, la pièce de Jean Cocteau prend un tour burlesque, c'est-à-dire qu'elle tend à traiter un sujet noble dans un registre bas. De fait, alors que la tragédie met d'ordinaire en scène des personnages de rangs élevés, nobles, *La Machine infernale* s'ouvre sur le dialogue de deux simples soldats, encore perçu sur un fond de « musiques du quartier populaire » (p. 37). Le burlesque se manifeste notamment ici à travers leurs répliques et leurs attitudes ; des comportements vils sont ainsi dépeints dans un langage familier, simple et vivace : « Ils se soûlent et ils font l'amour et ils passent la nuit dans les boîtes, pendant que je me promène de long en large avec toi. » (*ibid.*)

Le burlesque caractérise également l'arrivée des personnages de Tirésias – dont le diminutif est « Zizi » – et de Jocaste, quelque peu rabaissés au rang de duo ridicule : « Taisez-vous Zizi. Vous

n'ouvrez la bouche que pour dire des sottises »
(p. 47) ; « Encore, il se vexe ! Mais ce n'est pas
contre toi que j'en ai... C'est contre cette écharpe !
Je suis entourée d'objets qui me détestent ! »
(p. 48)

Dans le deuxième acte, la figure d'Œdipe n'est
pas épargnée lorsque, semblable à un petit
garçon peureux, il implore sa mère face au
Sphinx (« Lâchez-moi ! Grâce... [...] Mérope !...
Maman ! », p. 84), tandis que dans le premier
acte, déjà, l'apparition du fantôme de Laïus
contribuait à installer cette forme de comique
tant, outre ses répliques courtes, peu profondes
et particulièrement redondantes, le spectre est
un personnage pathétique, dénué de toute autorité et de toute dignité. La figure du roi qu'était
autrefois Laïus est ainsi désacralisée, alors que
ses répliques le renvoient au piètre statut de fantôme invisible auquel il est désormais relégué :
« Par pitié ! [...] Messieurs ! De grâce ! Suis-je
invisible ? Ne pouvez-vous m'entendre ? » (p. 58)

En outre, l'apparition du spectre est aussi placée
sous le signe de la parodie, au sens d'une imita-
tion burlesque d'une œuvre littéraire. Le texte
parodié est ici la scène d'exposition d'*Hamlet*

(1603), pièce de théâtre écrite par William Shakespeare (poète dramatique anglais, 1564-1616) – le texte du dramaturge anglais débute en effet par l'apparition du spectre du roi défunt du Danemark, père d'Hamlet.

Mais bien que les circonstances et les effets spectaculaires du premier acte de *La Machine infernale* soient quelque peu propices à générer l'angoisse, ainsi qu'une atmosphère sinistre – il s'agit d'une scène nocturne sur les remparts, lieu de surveillance qui suggère la menace et le danger –, comme c'est le cas dans la scène d'exposition d'*Hamlet*, la dimension parodique l'emporte ici, dans la mesure où Cocteau insiste sur le côté pathétique du fantôme de Laïus qui, impuissant et incapable de transmettre son message, nous apparaît comme une figure bienveillante, mais pitoyable.

Toutefois, ponctuellement associée au registre comique, *La Machine infernale* conserve encore une évidente dimension tragique, inspirée de son modèle grec. Définissant la tragédie comme l'accomplissement inéluctable du destin, Cocteau fait bien d'Œdipe un être impuissant, soumis à la fatalité et aux dieux, dont il devient le jouet et l'instrument. L'univers des mortels y est finalement présenté comme un monde sans liberté, régi par l'omniprésence des lois et des interdits.

Pourtant, bien que la tension tragique s'intensifie à mesure que la durée des actes raccourcit, le style de Jean Cocteau ne s'inscrit pas toujours dans un registre de langue soutenu, raffiné et élégant qu'appelle d'ordinaire la tragédie, comme chez Sophocle. L'écrivain français recourt plutôt à une expression poétique qui, à sa façon, souligne la dimension tragique de la pièce.

C'est le cas, par exemple, lors de la conversation entre Œdipe et le Sphinx, exprimée dans un langage mouvant, sensuel, coloré, qui s'éloigne du langage familier du premier acte pour s'apparenter davantage à un poème en prose : « Je ne sais pas si j'aime la gloire ; j'aime les foules qui piétinent, les trompettes, les oriflammes qui claquent, les palmes qu'on agite, le soleil, l'or, la pourpre, le bonheur, la chance, vivre enfin ! » (p. 77), s'exclame ainsi Œdipe.

Il en va de même pour les propos de Tirésias, au cours de la nuit de noces : « Il fait beau croire aux prodiges lorsque les prodiges nous arrangent et lorsque les prodiges nous dérangent, il fait beau ne plus y croire et que c'est un artifice du devin. » (p. 105) La gloire, la passion, le destin et le mystère sont alors autant de thématiques que prend en charge la parole poétique. C'est que, pour Cocteau, la poésie est un art défini comme un acte d'alchimie qui permet de dépasser la réalité pour atteindre un au-delà mystique. Et dès lors, c'est par l'intermédiaire de ce langage poétique et mystérieux, qu'il parvient à renforcer l'expression du tragique de la condition humaine.

Le vaudeville et le mélodrame

Le ton humoristique et vaudevillesque est également distillé tout au long de la pièce. L'art du vaudeville, né au Moyen Âge et modernisé à la fin XIXᵉ siècle, repose sur le style de la farce, dans laquelle l'intrigue est simple, peu développée, et où la psychologie des personnages est également peu approfondie. Il est aussi principalement fondé sur un comique de situation, c'est-à-dire des sur des quiproquos, des jeux de mots et des scènes de séduction ; il sait manier l'ironie, les jeux d'esprit et les facéties souvent peu subtiles.

Le quiproquo de la nuit de noces (acte III), ainsi que les échanges de plaisanteries entre les deux soldats (acte I), semblent ainsi nous renvoyer directement au vaudeville. En témoigne le comportement de ces derniers, essentiellement fondé sur un comique de gestes – « Il trépigne » (p. 38) ; « Il se cogne la tête » (p. 46) – et de mots. De même, la tentative de séduction de Jocaste à l'égard du plus jeune soldat réduit provisoirement les propos de cette reine au badinage amoureux et grivois, thématique centrale des comédies légères et amusantes que sont les vaudevilles.

Les styles mélodramatiques et pathétiques n'en sont pas moins présents au sein du récit. Abordant des sujets sérieux, à l'instar de la tragédie, le style mélodramatique s'en distingue néanmoins dans la mesure où il rejette l'omniprésence des notions de destin et de fatalité, faisant de la psychologie des personnages le principal ressort de son action.

Caractéristiques du mélodrame, les sentiments des personnages sont exacerbés, parfois au détriment de la vraisemblance. C'est d'ailleurs l'analyse que fait Tirésias des propos d'Œdipe : « Comme toujours vous amplifiez les termes. »

(p. 125) Et de fait, dans *La Machine infernale*, les émotions et leur expression physique sont parfois violentes : « Il se jette sur Tirésias les mains autour de son cou » (p. 104) ; « Oh ! oh ! mais ! dieux ! ici… ici… dans ses yeux d'aveugle, je ne savais pas que ce fût possible » (*ibid.*). Cette intensité émotionnelle est souvent traduite par de fortes respirations, des interruptions continuelles, des répétitions, etc.

Enfin, propre au style populaire qui accompagne l'évolution du mélodrame, la présence de quelques effets spectaculaires – qui vise à provoquer des sensations plus ou moins fortes chez le spectateur – est également de mise dans *La Machine infernale*, comme l'illustrent la mise en scène des apparitions du fantôme de Laïus, ou encore la transformation physique du Sphinx.

LA RÉCEPTION DE *LA MACHINE INFERNALE*

UN ACCUEIL MITIGÉ

Seules quelques années séparent l'écriture de *La Machine infernale* de la composition du livret d'*Œdipus rex*, réalisé par Cocteau lui-même en 1926, puis adapté par Igor Stravinsky en 1927 sous la forme d'un opéra-oratorio. Malgré l'accueil peu enthousiaste réservé à cette œuvre antérieure, Cocteau ne se décourage pas et tire profit de cette première expérience pour poursuivre son travail d'adaptation du texte de Sophocle et présenter une vision plus personnelle du mythe d'Œdipe.

Son texte est alors donné au théâtre dans une mise en scène dont la force résulte surtout de la collaboration entre Louis Jouvet et Christian Bérard, qui avait déjà travaillé avec Cocteau pour *La Voix humaine* (1930). Dans le programme de *La Machine infernale*, Louis Jouvet n'hésite d'ailleurs pas à vanter les qualités artistiques de son décorateur : « Ce qui caractérise sa science théâtrale, c'est son mimétisme. Ce qui caractérise son talent, c'est sa puissance dramatique, le sens qu'il a du spectacle et du geste de théâtre. » (« Louis Jouvet Library chez Piasa, Paris », in *auction.piasa.fr*) Malgré cela, lors de la première représentation de la pièce – elle sera finalement jouée à 64 reprises –, le 10 avril 1934 à la Comédie des Champs-Élysées, l'accueil est mitigé.

D'une part, l'œuvre suscite la curiosité et le vif intérêt des spectateurs ainsi que d'une partie des critiques. Certains, comme Colette, qualifient *La Machine infernale* d'œuvre exceptionnelle et remarquable, et rendent hommage au poète :

> « Bénéficiant d'un privilège unique, Jean Cocteau a gardé ce que nous avons tous perdu : la fantasmagorie intime. Il ne connaît ni domaines interdits, ni routes brouillées, ni seuils effacés. L'ourlet de feu qui cernait, comme un nuage prometteur de foudre, les prodiges familiers du jeune âge ne s'est pas encore éteint pour Jean Cocteau. [...] J'aurais plus tôt fait de dire tout uniment que Cocteau est un poète. » (COLETTE, *La jumelle noire*, éditions numériques Fayard, 1991)

Et le journaliste français Pierre Brisson (1896-1964) résume quant à lui dans sa chronique du *Temps*, le 16 avril 1934 : « Il y a là une suite de ruptures, une atmosphère étrange, bavardages traversés d'éclairs, gaieté familière et obscures angoisses, où Cocteau n'a jamais mieux donné sa mesure. » (cité par « Jean Cocteau unique et multiple », in *cocteau.biu-montpellier.fr*)

D'autre part, la presse se montre parfois plus réservée, voire sévère, tantôt divertie par le caractère amusant de certaines scènes (l'apparition du spectre de Laïus, par exemple) et la présence de certains anachronismes, tantôt irritée par l'attitude désinvolte de Cocteau à l'égard de la tradition des mythes antiques. De fait, bien que la qualité de la mise en scène et de l'interprétation des acteurs ne soit pas remise en cause, certains reprochent à Jean Cocteau la liberté prise par rapport au texte de Sophocle ainsi que le caractère parfois inégal de la pièce, qui oscille entre tragédie et parodie :

> « M. Cocteau ne s'est naturellement nullement tenu au plan de Sophocle [...]. Vers la fin, *La Machine infernale* donne la sensation d'une vraie tragédie, mais seulement vers la fin. Tout ce qui

> précède est un mélange fort curieux d'ironie et de légende, une "Offenbachiade" métaphysique où chacun trouvera ce qui l'intéresse [...]. Bref, on trouve de tout dans cette "Machine", sauf peut-être de la tragédie. » (« Comédie des Champs Élysées : *La Machine infernale*, pièce de Jean Cocteau », in *Dionysos : gazette du praticien ami des lettres, des arts et du théâtre*, n° 11, supplément à la *Revue d'Histoire de la Pharmacie*, volume XXII, n° 86, 1934, p. 361-362)

Ainsi, bien que la presse soit partagée à l'issue de la première représentation, la pièce remporte finalement un franc succès, et *La Machine infernale* deviendra bientôt un incontournable de la dramaturgie française contemporaine, maintes fois commenté et analysé.

MISES EN SCÈNE ET POSTÉRITÉ

En 1954, 20 ans après sa première représentation, *La Machine infernale* fait à nouveau parler d'elle. La pièce est mise en scène par Jean Cocteau lui-même et jouée un peu partout en France et en Europe ; l'auteur-metteur en scène reprend les décors et costumes de Christian Bérard dans l'esprit de la création originale. La même année, la pièce est adaptée pour la télévision par Claude

Loursais (réalisateur, scénariste et producteur de la télévision française, 1919-1988), et fait également l'objet d'une adaptation radiophonique.

Quelques années plus tard, Jean-Jacques Khim (1923-1970) se livre à son tour à une étude de l'œuvre de Jean Cocteau. Entretenant des bons rapports avec le poète, il adapte le mythe, mais son *Œdipe ou le silence des dieux*, représenté pour la première fois à Nice (Alpes-Maritimes), en 1961, passe quelque peu inaperçu. Plus tard, en 1989, c'est Jean Marais qui met en scène la pièce de son amant défunt pour le Festival d'Anjou.

En 2002, Gloria Paris (metteuse en scène et comédienne) livre une adaptation contemporaine de *La Machine infernale* au théâtre de l'Athénée-Louis-Jouvet. Outre sa volonté de faire revivre un mythe fondateur antique, elle souhaite surtout proposer une analyse minutieuse des personnages et des enjeux de leurs comportements et actions, le tout dans un décor oscillant entre science-fiction et merveilleux. Dans une note de mise en scène, elle indique : « Ce qui nous importe est de convier le regard et l'écoute naïve du spectateur et de renouer avec la "fantasmagorie intime" dont parlait Colette lors de la première représentation de *La Machine infernale.* » (PARIS (Gloria), « Note de mise en scène », in *studylibfr.com*)

Cette nouvelle mise en scène – comme toutes celles qui lui ont succédé et lui succéderont encore – témoigne du succès intemporel de la pièce, de son influence sur les jeunes générations de metteurs en scène et acteurs français, ainsi que de sa profonde actualité.

BIBLIOGRAPHIE

SOURCES BIBLIOGRAPHIQUES

- BROSSE (Jacques), *Cocteau*, Paris, Gallimard, 1970.

- Catalogue de la bibliothèque Louis Jouvet, « Louis Jouvet Library chez Piasa, Paris », in *auction.piasa. fr*, consulté le 9 novembre 2017. http://piasa. auction.fr/_en/vente/bibliotheque-louis-jou-vet-7752?tab=doc#.WgQJqVXiaUk

- COCTEAU (Jean), *La Machine infernale*, Paris, Le Livre de Poche, 1967.

- COLETTE, *La jumelle noire*, éditions numériques Fayard, 1991.

- « Comédie des Champs Élysées : *La Machine infernale*, pièce de Jean Cocteau », in *Dionysos : gazette du praticien ami des lettres, des arts et du théâtre*, n° 11, supplément à la *Revue d'Histoire de la Pharmacie*, volume XXII, n° 86, 1934, p. 361-362.

- DELATTRE (Charles), *La Machine infernale de Cocteau*, Paris, Bréal, 1998.

- FULACHER (Pascal) et MARNY (Dominique), *Jean Cocteau le magnifique : les miroirs d'un poète*, Paris, Gallimard, 2013.

- « Jean Cocteau unique et multiple », in *cocteau*.

- *biu-montpellier.fr*, consulté le 9 novembre 2017.
  https://cocteau.biu-montpellier.fr/index.
  php?id=246

- « Le poète », in *jeancocteau.net*, site officiel du
  comité Jean Cocteau, consulté le 20 avril 2016.
  http://www.jeancocteau.net/bio1_fr.php

- MARNY (Dominique), *Jean Cocteau, le roman d'un
  funambule*, Monaco, Éditions du Rocher, 2013.

- MILORAD, « La Clé des mythes dans l'œuvre
  de Cocteau », in *Cahiers Jean Cocteau*, Paris,
  Gallimard, 1971, p. 97-140.

- PARIS (Gloria), « Note de mise en scène », in *stu-
  dylibfr.com*, consulté le 9 novembre 2017. http://
  studylibfr.com/doc/6929054/la-machine-infernale

- PIGNARRE (Robert), *Sophocle. Théâtre complet*,
  Paris, Flammarion, 1993.

- TOUZOT (Jean), *Jean Cocteau*, Lyon, La Manufacture,
  1989.

ADAPTATIONS

- *The Infernal Machine*, téléfilm de Royston Morley,
  avec George Bishop, Elwyn Brook-Jones, Adrienne
  Corri et Rosalie Crutchley, Royaume-Uni, 1947.

- *La Machine infernale*, téléfilm de Claude Loursais,
  avec Claude Giraud, Silvia Monfort, Germaine
  Montero et André Thorent, France, 1963.

SOURCE ICONOGRAPHIQUE

- Portrait de Jean Cocteau. La photo reproduite est réputée libre de droits.

Éditeur responsable : Lemaitre Publishing
Avenue de la Couronne 159 | BE-1050 Bruxelles
info@lemaitre-editions.com

ISBN ebook : 978-2-8062-7815-9
ISBN papier : 978-2-8062-7814-2
Dépôt légal : D/2017/12603/883
Couverture : © Lisiane Detaille.

Conception numérique : Primento,
le partenaire numérique des éditeurs.